Les héros de ma classe

Catalogage avant publication de Bibliothèque et Archives nationales
du Québec et Bibliothèque et Archives Canada

Boisvert, Jocelyn, 1974-

    La terrifiante araignée de Tara

    (Les héros de ma classe; 2)
    Pour enfants de 8 ans et plus.

    ISBN 978-2-89591-291-0

    I. Germain, Philippe, 1963- . II. Titre.

PS8553.O467T47 2017   jC843'.54   C2016-941901-0
PS9553.O467T47 2017

Tous droits réservés
Dépôts légaux: 1er trimestre 2017
Bibliothèque nationale du Québec
Bibliothèque nationale du Canada
ISBN 978-2-89591-291-0

Illustrations: Philippe Germain
Mise en pages: Amélie Côté
Correction et révision: Bla bla rédaction

© 2017 Les éditions FouLire inc.
4339, rue des Bécassines
Québec (Québec) G1G 1V5
CANADA
Téléphone: 418 628-4029
Sans frais depuis l'Amérique du Nord: 1 877 628-4029
Télécopie: 418 628-4801
info@foulire.com

Les éditions FouLire reconnaissent l'aide financière du gouvernement du Canada pour leurs
activités d'édition.

Elles remercient la Société de développement des entreprises culturelles
du Québec (SODEC) pour son aide à l'édition et à la promotion.

Elles remercient également le Conseil des arts du Canada de l'aide accordée à
leur programme de publication.

Gouvernement du Québec – Programme de crédit d'impôt pour l'édition de livres –
gestion SODEC

Imprimé avec des encres végétales sur
du papier dépourvu d'acide et de chlore
et contenant 100 % de matières recyclées
post-consommation.

Canadä

IMPRIMÉ AU CANADA/PRINTED IN CANADA

LES HÉROS de ma CLASSE

Jocelyn Boisvert

LA TERRIFIANTE ARAIGNÉE de TARA

Illustrateur : Philippe Germain

ÉDITIONS
FouLire

1

Toi, c'est Tara. La meilleure amie des animaux.

Oh oui! Tu adores toutes les bêtes, des plus petites aux plus grosses, des plus mignonnes aux plus repoussantes. On peut dire que tu n'as pas froid aux yeux. Oh non! Tu n'es pas le genre de fille à pousser des hurlements hystériques à la vue d'une souris ou d'une simple araignée. (Comme certains élèves que tu préfères ne pas nommer!)

La période de ce matin est consacrée aux présentations orales. Le thème: ton animal favori. Tu n'as pas eu besoin de réfléchir longuement avant de trouver ton sujet : Hercule, ta gentille et attachante tarentule ! Voilà qui fera changement des chats, des chiens, des lapins et autres créatures adorables dont les autres avant toi ont parlé.

C'est maintenant ton tour de faire ta présentation. Tu te lèves, puis tu te diriges en avant de la classe avec une boîte à chaussures sous le bras (et un grand sourire aux lèvres en pensant à ce qui se trouve à l'intérieur).

Après avoir déposé la boîte au sol, tu commences ton exposé. Les tarentules sont des êtres merveilleux qui méritent notre profonde admiration. Et tu expliques pourquoi en montrant des images sur le tableau interactif. Ce qui te vaut une série de « beurk ! », de « ouache ! » et de « c'est donc ben dégueu ! ».

Tu pousses un soupir. La réaction de tes camarades te décourage.

Olivia te coupe même la parole pour s'exclamer:

– Ça ressemble à un extraterrestre... en plus moche!

Elle en a rencontré souvent dans sa vie, des extraterrestres?

Quand elle verra la jolie frimousse de ton Hercule, tu es convaincue qu'elle changera d'idée.

– Pour terminer, dis-tu, tout excitée, je vous ai apporté une surprise... Je vous promets que vous ne serez pas déçus!

Mais la surprise, c'est toi qui l'as lorsque tu te penches pour ramasser la boîte, car ta tarentule ne se trouve plus à l'intérieur !

Je crois, ma chère Tara, que tu as un petit problème... Comment le régleras-tu ?

A) En expliquant calmement la situation au groupe. Si tu penses que les élèves vont se montrer compréhensifs, tu peux te rendre au **2**.

B) En n'expliquant rien du tout et en scrutant le plancher pour repérer la tarentule qui s'est évadée. Alors, dépêche-toi, va au **4** !

C) En téléphonant à la SPA (la Société protectrice des animaux). Si tu penses *vraiment* que c'est la solution à ton problème, rends-toi au **5** (bien que je te recommande chaudement de choisir une autre option).

D) En annonçant aux élèves qu'une tarentule venimeuse vient d'être lâchée dans la classe et qu'ils sont en danger de mort, puis en éclatant d'un rire ridicule et machiavélique, comme les vilains dans les films. Oui, bon... Si tu cherches à semer la terreur, va au **6** (mais je te préviens, il y a de fortes chances que je le dise à tes parents!).

E) Non, tu ne ris pas! Au contraire, tu éclates en sanglots. Va au **39** et fais attention de ne pas te noyer dans tes larmes!

2

Tu te racles la gorge avant d'annoncer la nouvelle :

– Certains d'entre vous vont sans doute trouver ça rigolo, d'autres moins, je suppose... Voilà, j'ai apporté ma tarentule. Elle était dans la boîte et... elle n'y est plus.

Assise au fond de la classe pour écouter les présentations, l'enseignante se lève d'un bond.

– QUOI ?! s'exclame-t-elle d'un air épouvanté.

– Elle a pris la poudre d'escampette, comme on dit! Hé! hé!

Le «Hé! hé!», c'est pour détendre l'atmosphère (mais ça ne marche pas du tout).

– Ne vous inquiétez pas, Hercule est super gentil et parfaitement inoffensif.

Madame Anne s'inquiète quand même. Beaucoup. Énormément. À la folie!

Elle jette des regards paniqués autour d'elle. Puis, à ta grande surprise, elle se met debout sur la chaise.

– Tara, sors ta *bibitte* de la classe tout de suite! ordonne-t-elle, complètement désemparée.

– Comment pouvez-vous appeler ça une *bibitte* après la présentation que j'ai préparée? répliques-tu, désappointée.

– FAIS CE QUE JE TE DIS! hurle-t-elle.

Bon. D'accord. Si elle le prend de cette façon.

La dernière chose que tu souhaites, c'est bien de semer la panique dans la classe. Ton but est d'enrayer la peur des araignées, pas de la transmettre!

Tu dois régler cette très fâcheuse situation, mais comment?

A) Tu obéis à ton enseignante et tu tentes de sortir Hercule de la classe (si tu le trouves). La partie de cache-cache se déroule au **8**. Bonne chance!

B) Tu fais semblant d'avoir retrouvé ta tarentule. Pour jouer la comédie, rends-toi au **3**.

C) Tu dis que c'était une blague. (Je n'aime pas les mensonges, mais comme tu mens pour le bien-être de ton enseignante, je te permets de le faire au **19**.)

3

Pour ton exposé, tu as apporté une tarentule en caoutchouc. Tu ne t'en es finalement pas servi. Elle repose toujours dans ta poche.

Allez, Tara, c'est le moment de faire valoir tes talents d'actrice.

– Oh! mais… qu'est-ce que je vois par ici? t'exclames-tu en baissant les yeux au sol.

En tournant le dos à tes auditeurs, tu sors discrètement la fausse araignée de ta poche, puis tu fais semblant de la ramasser par terre.

– Regardez qui je viens de trouver...

Tu montres rapidement la tarentule au groupe. Tu vas même jusqu'à t'adresser à elle.

– Mais tu t'en allais où comme ça, toi? C'est terminé, l'escapade, mon beau Hercule!

Tu déposes l'objet en caoutchouc dans la boîte avec une extrême délicatesse, puis tu rabaisses le couvercle, fière de ton coup.

La vue de cette fausse tarentule (mais qui a l'air d'une vraie) suscite des réactions variées, autant de «wow!» que de «ouache!».

– Est-ce qu'on peut la voir de plus près? demande Lily.

– Non, malheureusement, réponds-tu en prenant un air désolé. Hercule est super stressé. Il vaut mieux qu'il reste dans la boîte. L'obscurité a pour effet de le calmer.

Une qui aurait grand besoin de se calmer, c'est ton enseignante. Elle est paralysée de terreur. À peine si elle ne claque pas des dents. Si ça se trouve, elle est carrément en train de mourir de peur…

Pour la rassurer, ressors-tu ton araignée pour lui montrer qu'elle est en caoutchouc ?

A) Jamais de la vie ! Tu n'as pas joué toute cette comédie pour rien. Rends-toi au **40**.

B) Étant donné l'état de frayeur de ta prof, ça vaut mieux. Rends-toi au **41** dans ce cas.

4

Il faut repérer Hercule avant qu'il ne décide de jouer à la cachette (un de ses jeux favoris).

En dressant l'index, tu fais signe à tes auditeurs et auditrices de patienter une minute avant de t'accroupir pour scruter le plancher. Puis, tu te mets à quatre pattes pour mieux chercher le petit fugitif qui en a huit. Et te voilà en train de zigzaguer entre les pupitres à la façon d'un chien pisteur.

Devant ce comportement pour le moins insolite, certains élèves écarquillent les yeux, d'autres rigolent tout bas.

– Qu'est-ce que tu cherches, Tara ? te taquine Quentin. Un verre de contact ?

Tu continues de fouiller, sans prendre la peine de répondre.

– Tara Tremblay ! s'impatiente madame Anne peu après. La présentation, c'est debout devant la classe, pas à genoux sur le plancher !

Tu as un choix à faire :

A) Tu peux poursuivre les recherches coûte que coûte, en dépit de l'intervention de ton enseignante. Si tu ne crains pas les réprimandes, rends-toi au **38**.

B) Tu peux terminer ton exposé comme si de rien n'était. Dans ce cas, relève-toi, puis dirige-toi vers le **51**.

5

La SPA?! Et pourquoi pas la police, tant qu'à y être? Ou le FBI?

Ma chère, si tu as d'autres bonnes idées comme celle-là, je te prie de les mettre gentiment à la poubelle. Ta tarentule s'est enfuie, ce n'est pas en passant un coup de fil que tu vas la retrouver!

Retour à la case départ, et plus vite que ça!

6

Reviens sur terre, Tara! On n'est pas dans un film, on est dans la vraie vie! (D'accord, pas tout à fait dans la vraie vie. En théorie, on est dans un livre, mais cela ne te donne pas le droit de jouer les terreurs!)

Je te signale que tu n'es pas la méchante de l'histoire. Et d'ailleurs, il n'y a pas de méchant dans ce livre, seulement une tarentule un peu trop aventureuse que tu ferais mieux de retrouver au plus vite.

Retourne au **1** et, cette fois, tâche d'être sérieuse!

7

Tu entres dans la salle des profs sans frapper. Une dizaine de têtes se tournent dans ta direction.

– Ça va, Tara ? demande madame Valiquette, une enseignante de sixième.

– Moi, ça va, réponds-tu. Mais pas madame Anne... Elle est prisonnière de son bureau...

Une ribambelle de points d'interrogation s'élèvent au-dessus des têtes.

– Elle est rentrée dans un tiroir et elle n'est plus capable d'en sortir ? plaisante le prof d'éduc.

– En fait, elle refuse de descendre de son bureau.

– Et pourquoi donc? Il y a une souris dans son local qui la terrorise?

– Une araignée.

– Quoi! s'étonne la prof de maternelle. Une simple araignée?

– MON araignée. C'est une tarentule. Elle s'appelle Hercule.

Pendant que tu leur racontes l'histoire depuis le début, tu te rends compte que la majorité des enseignants sont nerveux à l'idée de croiser une tarentule dans les corridors de l'école.

En fin de compte, monsieur Lefort et madame Samson – les profs d'éducation physique et de musique – prêtent secours à la pauvre madame Anne, toujours juchée sur son îlot.

Monsieur Lefort, qui porte bien son nom, prend ton enseignante apeurée dans ses bras pour l'évacuer de la classe. Comme un pompier qui sortirait une victime inconsciente d'un immeuble en flammes. Que c'est romantique ! Voilà une image qui aurait pu faire la première page du journal de l'école !

N'empêche que tout ça est très exagéré. Hercule est une petite tarentule de rien du tout, pas un tyrannosaure ou un envahisseur venu de l'espace !

À présent que ton enseignante a libéré les lieux, il te faut vite trouver ton camarade arachnéen. Vers quel coin de la classe décides-tu d'orienter tes recherches ?

A) Pour le bureau du prof, va au **61**.

B) Pour la bibliothèque, c'est au **55**.

C) Pour la poubelle, pince-toi le nez, puis rends-toi au **63**.

8

La première chose à faire, c'est de rassurer tes compagnons et, surtout, ton enseignante.

– Hercule est une araignée vraiment cool... qui ne ferait pas de mal à une mouche.

(Mauvaise expression, car il les mange, les mouches!)

– Il ne peut pas être bien loin... Je vais le retrouver et vous le présenter, je suis convaincue que vous allez l'adorer!

Si madame Anne décroche la palme de la frayeur, tes camarades de classe

aussi vivent un joli moment de terreur. Il n'y a que Jérémie qui t'aide à
chercher la bête à huit pattes.

– C'est juste une araignée, hein! dit-
il sans se laisser intimider. C'est pas
parce qu'elle a plus de poils dans le
dos que mon père qu'il faut avoir
peur d'elle!

– Yoooooou-hooooou, Heeeercuuuule!
chantonnes-tu. Allez, montre-nous
ton beau visage!

Après un premier tour d'horizon, tu
n'as aucune idée de l'endroit où peut
se terrer ta tarentule.

Bon. L'opération risque d'être plus
compliquée que prévu. Dans le climat de peur qui règne dans la classe,
Hercule a dû se planquer. (Et les araignées, même les grosses comme les

tarentules, sont plutôt douées pour jouer à la cachette.)

Il faut réfléchir à une solution, et vite (avant que madame Anne ne perde connaissance).

A) Tu chantes la berceuse préférée d'Hercule. Fais quelques vocalises et, lorsque tu te sentiras prête, rends-toi au **16**.

B) Au **15**, tu fais évacuer la classe afin de poursuivre les recherches dans le calme. L'ambiance est trop survoltée pour qu'Hercule montre le bout de son nez. Allez, tout le monde dehors!

9

Tu hèles le concierge.

– Monsieur Poubelle!

Oups. Son nom, c'est Poulin-Labelle, les élèves l'appellent monsieur Poubelle (mais jamais devant lui).

– Monsieur Labelle! te reprends-tu.

Il dresse la tête dans ta direction.

– Est-ce que vous pouvez venir? Madame Anne et moi, on a un drôle de problème...

– Quel genre de dégât? s'informe-t-il, intrigué.

– Ce n'est pas un dégât.

– Une ampoule brûlée? Une fenêtre coincée?

– Non plus.

Il te regarde en fronçant ses sourcils tellement broussailleux que tu ne distingues plus du tout ses yeux.

– C'est un problème d'araignée, monsieur. J'espère que vous n'avez pas peur des araignées?

– Tu rigoles! J'en mets dans mes céréales au p'tit déjeuner!

Beurk.

La vision de madame Anne perchée sur son bureau le cloue sur place.

– Oh là là! Il faut qu'elle soit drôlement imposante, cette araignée, pour qu'elle vous fasse peur de même! lui lance le concierge. Les petites *bibittes* ne mangent pas les grosses, vous le saviez?

Elle n'a pas peur d'être dévorée vivante. Elle a juste très, très peur.

– Si je la trouve, cette satanée araignée, je vous promets de lui régler son compte vite fait. Elle sera écrabouillée avant de voir la main ou le pied qui va l'écraser!

– Surtout pas, monsieur! t'écries-tu, indignée. C'est MON araignée. Il faut la TROUVER, pas la TUER! C'est une TARENTULE.

Le concierge refait disparaître ses yeux derrière ses épais sourcils foncés.

– Tu parles de ces araignées *jumbo* qui portent un manteau de fourrure même si elles vivent dans les pays tropicaux?

Madame Anne vous interrompt pour implorer monsieur Poulin-Labelle de l'aider à évacuer les lieux. Gentleman, celui-ci lui tend son bras et l'escorte jusqu'à la sortie du local.

Puis, il referme la porte, sa serpillière à la main, en déclarant:

– À nous deux, maintenant!

La chasse à la tarentule peut commencer et c'est au **18** qu'elle a lieu.

10

La récréation terminée, tu te rends à ton casier pour prendre tes vêtements d'éducation physique. Une mauvaise surprise t'attend…

La boîte a disparu, et la tarentule qui était dedans aussi!

Oh non! Ça ne va pas recommencer!

Cette fois, ce n'est pas Hercule qui s'est égaré, c'est un élève qui l'a kidnappé!

Quelques instants plus tard, tu entends une série de cris en provenance de la cafétéria. Tu t'empresses d'aller voir ce qui se passe.

C'est ton Hercule qui cause tout ce raffut. Il est immobile au sol, au milieu du corridor, encerclé par un groupe d'élèves qui l'observent avec un mélange de répulsion et de fascination.

À coups de coude, tu te fraies un chemin pour récupérer ta pauvre tarentule qui ne sait plus du tout où donner de la tête.

Ton geste de sauvetage te vaut quelques sifflements admiratifs.

Un surveillant arrive sur ces entrefaites.

– Pourquoi tout ce tapage? grogne monsieur Stanley.

– Quelqu'un m'a volé ma tarentule! lui dis-tu.

Il fait semblant de se déboucher les oreilles avec les doigts.

– Ta QUOI?

En guise de réponse, tu lui montres le petit animal recroquevillé dans ta main.

– J'ai deux questions, enchaîne-t-il en tentant de garder son sang-froid. Depuis quand les tarentules ont-elles le droit de venir à l'école? Et qui a volé la tarentule de Tara?

La moitié des élèves pointent Yan du doigt.

– Je voulais juste la montrer aux copains! se défend-il.

Comment le surveillant réagira-t-il devant cet aveu de culpabilité ? Tu le sauras au **62**.

11

Certains sont excités à l'idée de croiser une vraie de vraie tarentule, mais la majorité prie pour que ça n'arrive pas.

Quant à toi, tu es convoquée d'urgence dans le bureau de la directrice. Elle veut en savoir plus sur la *bibitte* qui court dans l'école. Tu lui racontes tout, en t'excusant dix fois plutôt qu'une.

Lorsque les élèves sont de retour dans les classes, la voix de la directrice retentit dans l'interphone:

– Chers élèves, comme vous le savez probablement tous, il y a une araignée géante à l'intérieur de notre respectable établissement. Inutile de vous inquiéter. Il s'agit de la tarentule de Tara Tremblay, qui est domestiquée, amicale et tout à fait inoffensive.

Elle te lance un regard sévère avant de reprendre:

– Pour répondre aux questions de certains élèves, non, les cours ne sont pas suspendus. Ils ont lieu comme prévu. Cet incident ne change absolument rien à l'horaire de la journée. Après tout, ce n'est pas une petite araignée... ou une grosse... qui va perturber le cours de nos activités. Donc, si par hasard vous apercevez la tarentule de Tara...

À bien y penser, toi aussi, tu aimerais dire un mot aux élèves. Interromps-tu la directrice pour passer ton message?

A) Bien sûr que non ! Ce serait très malpoli de ta part et, de plus, tu es bien trop gênée pour adresser la parole à l'ensemble des élèves de l'école. Alors, tu peux écouter la suite du discours de la directrice au **12**.

B) Bien sûr que oui ! Tout ça, c'est à cause de toi. Tu tiens à t'excuser publiquement. Et puis, tu te fais du mauvais sang pour Hercule, tu ne veux surtout pas qu'il lui arrive du mal. Alors, tu peux prendre le micro au **20**.

12

– Donc, si par hasard vous apercevez la tarentule de Tara, gardez votre calme et prévenez votre enseignant. Cette situation est inhabituelle, voire insolite, c'est pourquoi je compte sur vous pour adopter un bon comportement. Et je vous remercie de votre compréhension.

Malgré cette intervention qui se voulait rassurante, ton Hercule sème l'émoi. L'angoisse mêlée à l'excitation crée un climat fort peu propice à l'apprentissage. Les enseignants sont dissipés. Les élèves ont la tête ailleurs. Et avec toute cette agitation, ton Hercule ne risque pas de sortir de sa cachette.

À l'heure du midi, il n'a toujours pas réapparu.

Plus le temps passe, plus tes espoirs de le revoir diminuent.

À la fin de la journée, personne n'a vu ton petit compagnon velu. C'est comme s'il avait disparu de la surface de la Terre!

Au **17**, tu finis par craquer.

13

Durant les dernières minutes du dernier cours de la journée, tu dois lutter pour ne pas éclater en sanglots.

La cloche sonne. Hercule ne répond pas à l'appel.

La mort dans l'âme, tu prépares ton sac, puis tu prends l'autobus pour rentrer à la maison, sans ton araignée domestique.

Eh oui, c'est ainsi que se termine ton histoire. Trop triste, n'est-ce pas?

Mais où est Hercule? Je l'imagine recroquevillé dans un coin sombre, angoissé à l'idée de ne plus jamais rentrer au bercail, de ne plus te revoir, toi, son être humain préféré. Je te jure, juste à y penser, j'ai presque envie de verser une larme (eh oui, un narrateur aussi a le droit d'avoir des émotions).

C'est une fin crève-cœur et – désolé de le dire – c'est ta faute. (Pas la mienne, en tout cas!)

Allez, sèche tes pleurs, puis retourne en avant de la classe présenter ton exposé oral. Je suis sûr que tu prendras de meilleures décisions, cette fois-ci!

14

Tu retrouves Hercule sur le plancher, devant la cafétéria. Il est encerclé par un groupe d'élèves qui l'observent avec un mélange de répulsion et de fascination.

À coups de coude, tu te fraies un chemin pour récupérer le pauvre Hercule qui ne sait plus du tout où donner de la tête.

Ton geste de sauvetage te vaut quelques sifflements admiratifs.

Mais pas de la part de Yan, qui s'avance vers toi avec sa grosse face de panda orgueilleux.

– T'as apporté ta tarentule à l'école, je le savais!

Du tac au tac, tu lui réponds:

– Oui, bon, mais c'est pas une raison pour te sauver avec mon animal!

– Je n'avais pas halluciné. Je ne suis pas fou! affirme-t-il, soulagé.

– Pour kidnapper une tarentule, il faut quand même avoir une araignée au plafond!

– Et qu'est-ce que ça veut dire, ça?

– Ça veut dire qu'il te manque quelques neurones dans le cerveau!

Le surveillant décide alors d'intervenir. Au **62**, tu pourras entendre ce qu'il a à dire.

15

– Madame Anne, est-ce que vous pourriez sortir avec les élèves, le temps que je retrouve Hercule?

Ton enseignante ne demande que ça!

Les élèves de la première rangée sortent en premier, dans le calme, puis ceux de la deuxième rangée, et ainsi de suite. Tes compagnons regardent où ils mettent les pieds. Ils ne veulent ni écraser une araignée velue ni que cette araignée velue grimpe sur leurs chaussures.

L'enseignante est la dernière à quitter son poste. Avant qu'elle ne trouve le courage de descendre de son perchoir, tu lui assures que la voie est libre. Tu l'escortes ensuite jusqu'à la porte.

À peine as-tu le temps de continuer les recherches que le concierge fait irruption dans le local.

– Les élèves dans le corridor m'ont rapporté qu'il y avait une araignée, dit-il d'un air étonné. Elle doit être pas mal grosse pour que madame Anne ait décidé d'évacuer ses élèves du local!

– Ce n'est pas une araignée comme les autres, que tu lui précises.

– Quoi? Elle a neuf pattes plutôt que huit! rigole-t-il.

– C'est une tarentule à peu près grosse comme ma main. J'espère que les araignées ne vous font pas peur, monsieur?

– Oh que non! Je les fais cuire au four et je les mange comme du *pop-corn*, le soir, en regardant la télé!

Monsieur Poulin-Labelle (monsieur Poubelle, pour les intimes) veut bien te donner un coup de main. (Tu espères seulement que son coup de main, ce n'est pas sur la tête d'Hercule qu'il va le donner!)

Les recherches se poursuivent au **18**.

16

Tu n'as pas la plus petite envie de te produire en spectacle, mais puisque tu considères comme plutôt bonnes les chances que ça fonctionne, tu te lances:

Frère Hercule,
Frère Hercule,
Dormez-vous?
Dormez-vous?
Sonnez les matines,
Sonnez les matines,
Ding! dang! dong!

Tes «ding!», tes «dang!» et tes «dong!» résonnent entre les murs du local. Les élèves sont si surpris de t'entendre chanter qu'ils demeurent silencieux.

Finalement, ta voix enchanteresse ne fait apparaître aucune tarentule.

Quentin et Pierrot sont rouges à force de se retenir de rire (alors que madame Anne est toujours verte de peur).

À bien y penser, tes recherches seront plus efficaces si tu restes seule dans la classe avec Hercule. Même s'il n'y a pas le feu, tu évacues tout le monde au **15**.

17

Pendant toute la journée, tu as contenu ton émotion, mais là, si tu retiens davantage tes larmes, elles vont te sortir par les pores de la peau!

Debout devant ton casier, tu prépares ton sac pour les devoirs de ce soir, hantée par toutes sortes de scénarios catastrophes. Et si tu ne la retrouvais jamais, ta tarentule? Et si elle s'était échappée de l'école? Ou faufilée dans une grille d'aération?

C'en est trop, tu éclates en sanglots. Et tu t'effondres par terre, inconsolable.

Cette fois, tu en es convaincue : tu ne le reverras jamais, ton Hercule.

Ton chagrin est si immense que tes amis sont trop intimidés pour venir te consoler.

Sauf un.

La vue embrouillée par les larmes, tu sens un petit chatouillement sur le dessus de la main. Tu baisses les yeux pour voir...

C'est HERCULE ! Ta tarentule, qui n'a pas supporté de te voir pleurer, est sortie de ton sac pour te consoler. Pendant tout ce temps, c'est là qu'elle était cachée !

La boîte à chaussures a dû s'ouvrir par inadvertance pendant que tu la trimballais dans ton sac d'école.

Ce sont des larmes de joie qui coulent sur tes joues, à présent.

Très doucement, tu caresses le dos de l'animal. Puis, tu lui donnes un bisou sur le dessus de la tête en lui chuchotant d'une voix câline :

– Viens, Hercule. On rentre à la maison !

Comme c'est émouvant, n'est-ce pas ?

Si on était dans un film, une musique poignante jouerait pendant que défileraient des moments heureux que toi et Hercule avez passés ensemble. Un montage célébrant votre fidèle amitié.

N'empêche que tu aurais pu trouver ta tarentule égarée plus vite que ça, non? Comment as-tu pu oublier de vérifier dans ton sac?

Allez, retourne au début du livre, puis essaie de retrouver ton araignée avant la fin de la journée. (Si tu en as envie, bien sûr, je ne te tords pas un bras, hein! Je ne suis pas ce genre de narrateur.)

18

Le concierge prend la tâche très au sérieux. Il fait presque peur.

– Elle ressemble à quoi, ta tarentule? dit-il sur le ton d'un inspecteur de police.

«À un éléphant!» as-tu envie de répondre.

Lui montres-tu la photo d'Hercule que tu as présentée à la classe pendant ton exposé?

A) Oui. Comme ça, il saura à quel genre de bestiau il a affaire. Va chercher ton carton, puis reviens au **56**.

B) Bien sûr que non. Tu ne fais rien de tel. Hercule ressemble à n'importe quelle autre tarentule. Tu peux continuer les recherches au **57**.

19

– Hé ! hé ! Pas de panique ! C'était juste une blague !

Tu ris, pour montrer que c'en est bien une.

– Je vous ai fait marcher. Hercule est tranquille dans son vivarium. C'est drôle, non ?

À en juger par la face de tes camarades, non, ce n'est pas drôle.

– Il aurait fallu que je sois un peu bizarre pour apporter ma tarentule à l'école, non ?

(Tara, tu ne crois pas que tu en fais un peu trop, là?)

Comme tu n'as plus rien à dire, tu retournes à ta place, honteuse. Si tu continues à mentir comme ça, tu vas décrocher le Pinocchio de l'année (prix décerné au plus grand menteur)! Au moins, tu as menti pour la bonne cause, pour apaiser madame Anne.

Tu peux écouter la prochaine présentation au **47**.

20

Tu tapes sur l'épaule de la directrice pour attirer son attention. Elle se tourne vers toi, décontenancée.

– Je peux dire un mot? lui murmures-tu à l'oreille.

– Euh... Tara Tremblay aimerait vous adresser la parole. Je vous la passe, fait-elle comme si elle parlait au téléphone.

– Bonjour, tout le monde! dis-tu, un peu nerveuse. Je tiens à vous dire à quel point je suis désolée de ce qui arrive. Mais je vous assure qu'Hercule est un petit gars formidable. Un amour! Alors, si vous le voyez, ne criez pas, ne faites pas de mouvements brusques, sinon vous allez l'effrayer. Peut-être que certains d'entre vous ont peur des araignées, mais je suis prête à parier que mon Hercule a encore plus peur que vous !

Tu redonnes la parole à la directrice.

– Donc, comme l'a dit Tara, si vous apercevez la bête, gardez votre calme, prévenez votre enseignant et tout ira bien. Merci de votre compréhension !

En fin de compte, tout ne va pas bien.

La présence exceptionnelle d'Hercule provoque un méchant branle-bas de combat dans les classes. Ce n'est pas la panique, mais pas loin.

À ta grande surprise, une camionnette de la télévision débarque à l'école au cours de l'après-midi pour tourner un reportage sur l'étrange incident de la tarentule égarée.

Comment la nouvelle a-t-elle pu se rendre jusqu'aux journalistes?

Et toi qui voulais qu'un nombre minimal de personnes soient mises dans la confidence, maintenant c'est le monde entier qui sera au courant!

La directrice est interviewée dans la cour d'école, sous des centaines de regards curieux. Elle parle de l'incident comme s'il s'agissait d'une simple anecdote.

Ensuite, c'est à ton tour de passer devant la caméra. Ce matin, tu étais stressée à cause de ta présentation et là, c'est aux nouvelles télévisées que tu vas apparaître!

– Cette tarentule que tout le monde cherche, ici, à l'école Quatre-Saisons, c'est bien la tienne, n'est-ce pas? te demande la journaliste en braquant vers toi son micro.

Tu acquiesces d'un signe de tête timide.

– Dis-moi, Tara, pourquoi avoir apporté ton araignée à l'école? C'est une drôle d'idée, non?

– Parce que j'avais une présentation à faire sur les tarentules. Depuis que je suis toute petite, j'adore les araignées... et je veux que les autres apprennent à les aimer.

– Et c'est tout à ton honneur. Tes parents étaient d'accord pour te laisser partir avec ta tarentule?

– Euh... plus ou moins...

– C'est-à-dire ?

– Je ne leur ai pas vraiment demandé…

Et tu as intérêt à leur en parler avant qu'ils ne voient le reportage à la télé !

– Est-ce que tu as bon espoir de retrouver ton copain ?

Tu hausses les épaules d'un air soudainement triste.

– As-tu envisagé la possibilité que ta tarentule soit morte ?

Bien sûr que tu l'as envisagée. Sentant les larmes te monter aux yeux, tu baisses la tête pour dissimuler ton chagrin.

Et tu aperçois Hercule posé sur la chaussure de la journaliste. Tu te frottes les yeux pour être certaine d'avoir bien vu, puis tu réponds à la journaliste :

– Non, je n'ai pas peur qu'elle soit morte... car elle est juste là, sur votre pied...

Croyant qu'il s'agit d'une blague, la journaliste te sourit, avant de baisser les yeux et d'avoir la frousse de sa vie. Sa grimace de frayeur déforme complètement les traits de son joli visage. C'est beau à voir.

Après avoir filmé la réaction de l'intervieweuse, le cameraman dirige son objectif sur l'animal retrouvé. Tu te penches pour le prendre délicatement dans tes mains, puis tu le présentes à la caméra en lui donnant un gros bisou sur le dessus de la tête.

Une image qui fera le tour du monde sur Internet!

La journaliste tente de se ressaisir afin de boucler l'entrevue:

– C'était Tara, la jeune fille qui aimait trop les araignées, et sa fameuse tarentule qui a créé tout un émoi, ici, à l'école primaire Quatre-Saisons!

À ta grande stupéfaction, la scène des retrouvailles fera fureur sur YouTube, obtenant plus de 40 000 visionnements. Toi et ton petit Hercule allez devenir de vraies vedettes!

Une belle fin, n'est-ce pas? Une de mes préférées.

Toi qui souhaitais partager ton amour des araignées avec tes camarades de classe, tu as finalement réussi à le faire avec des milliers de personnes autour de la planète. Un véritable exploit !

Et je t'en félicite. Mais cela ne veut pas dire que c'était une bonne idée d'apporter ta tarentule à l'école, car cette mésaventure aurait pu mal se terminer.

Si tu es curieuse de voir de quelles façons les choses auraient pu tourner, je te suggère de recommencer ton exposé oral et de reperdre ton araignée. Bonne chance !

21

Tu te lèves brusquement et tu pointes la fenêtre en criant:

– Regardez là-bas! Il y a...

Euh... il y a quoi, au juste?

A) Une licorne. (Envole-toi au **48**.)

B) L'Homme-araignée. (Escalade les pages jusqu'au **49**.)

C) Une soucoupe volante sur le point de s'écraser. (Prépare-toi à atterrir en catastrophe en plein sur le **50**!)

Hmm, tu aurais pu trouver mieux, non ? Tara, sans vouloir t'offenser, je me demande parfois ce que tu as dans le ciboulot...

22

Au moment où tu te lèves, l'araignée – censée être en caoutchouc – se déplace de quelques pas. Yan pousse un cri.

– Elle a bougé ! s'exclame-t-il.

– Mais non ! Tu rêves en couleurs ! dis-tu en saisissant l'araignée et en formant une cage avec tes deux mains pour bien la cacher.

Puis, tu vas vite te rasseoir à ta place en déposant Hercule dans ton pupitre.

Yan est bouche bée. Incapable de poursuivre sa présentation.

– L'araignée a vraiment bougé, marmonne-t-il.

– Ça m'étonnerait! répliques-tu. C'est une *bébelle* achetée dans un magasin à un dollar!

Ouf! Tu t'en es bien sortie, finalement.

Tu peux respirer en paix. Savoir Hercule en sûreté dans ton pupitre te rassure.

Deux ou trois présentations plus tard, tu saisis Hercule pour le remettre dans sa maison en carton, ni vu ni connu.

À la fin du cours, Yan vient te parler. Il est formel : il a vu ta tarentule bouger. Et il aimerait la voir de nouveau.

Que lui réponds-tu?

A) «Si tu veux voir des tarentules, regarde sur Internet!» Tu peux lancer cette réplique au **23**.

B) «Yan, ton imagination t'a joué un vilain tour.» Celle-là, c'est au **24** que tu peux la formuler.

23

– Si tu veux voir des tarentules, regarde sur Internet! dis-tu à Yan, convaincue de lui clouer le bec.

Mais Yan rétorque, sans se laisser démonter:

– Je veux en voir une en vrai, pas sur un écran!

– Va dans une animalerie dans ce cas, réponds-tu en te levant, ta boîte à chaussures sous le bras.

Pendant que tu traverses le corridor, Yan te fonce dessus et t'enlève la boîte des mains, emportant ton ami Hercule avec lui.

Oh! oh! Ça se corse, on dirait bien!

Tu dois agir vite.

A) Va au **30**, puis fais-lui un croche-pied.

B) Au **52**, tu peux signaler l'incident à un surveillant.

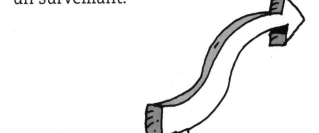

C) Tu n'es pas magicienne, mais au **43**, tu tentes quand même de lui lancer un mauvais sort.

24

– Yan, ton imagination t'a joué un vilain tour.

– Je ne pense pas, non, répond-il d'un air suspicieux.

Il s'éloigne, sans te quitter des yeux.

Avant de sortir pour la récré, tu ranges la boîte de carton – avec Hercule à l'intérieur – dans ton casier. Avoir su que ça se passerait comme ça, tu aurais laissé Hercule tranquille dans son vivarium !

Dehors, tu tentes de te changer les idées en discutant avec Camille. À un moment donné, tu surprends le regard de Yan dans ta direction. Il s'entretient avec Jérémie, l'air de fomenter un mauvais coup. Que mijotent-ils, ces deux-là?

Tu as un sombre pressentiment.

La récréation terminée, tu te rends à ton casier pour prendre tes vêtements d'éducation physique. Oh non! La boîte a disparu, et la tarentule qui était dedans aussi!

Cette fois, ce n'est pas Hercule qui s'est égaré, c'est un élève qui l'a kidnappé!

Quelques instants plus tard, tu entends une série de cris en provenance de la cafétéria. C'est au **14**, tu y vas de ce pas!

25

Un autre cri retentit. C'est ton enseignante, saisie de terreur, qui pointe ton animal domestique d'un doigt tremblant.

– Tara, sors cette sale bestiole de la classe! bafouille-t-elle.

Est-ce que tu obéis à la consigne?

A) Non, car Hercule n'est pas une «sale bestiole», mais un animal absolument fascinant. Et madame Anne s'en rendra compte lorsqu'elle verra ta tarentule de plus près. Si tu en es vraiment convaincue, va au **26**.

B) Oui, car madame Anne, qui a visiblement peur des araignées, est sur le point de tourner de l'œil. La porte de sortie est située au **29**.

26

Non mais, lance-lui ta tarentule par la tête, tant qu'à y être!

Tu vois bien que ta prof est terrorisée.

Non, non, tu sors ton animal de la classe. C'est mieux pour tout le monde, à commencer par Hercule que les cris ont rendu nerveux.

Allez hop! Au **29**!

27

– J'ai aperçu une araignée qui courait à toute vitesse sur le plancher. Et comme c'est le sujet de ma présentation, je voulais l'attraper pour vous la montrer, dis-tu avec ton sourire le moins sincère.

Madame Anne te signale que les cinq minutes qui t'étaient allouées sont terminées.

Jérémie lève la main pour demander:

– Qu'est-ce qu'il y a dans ta boîte?

– Rien du tout, réponds-tu. Je voulais vous faire une blague et vous faire accroire que j'avais apporté Hercule dans la classe, mais mon temps est écoulé.

– Ha! Ç'aurait été trop *cool* si t'avais apporté ta tarentule! s'exclame-t-il avec sa face d'excité. J'aurais aimé ça la voir. Elle aurait pu passer la journée en classe avec nous! Pourquoi tu l'as pas fait?

Hé! hé! hé! En voilà une bonne question!

– J'y ai pensé... mais Hercule n'aurait pas été heureux. Il est très actif. Il a souvent besoin de se dégourdir les pattes – et quand on en a huit, c'est encore plus dur de rester en place! Vous comprenez, je ne voulais pas prendre le risque qu'il s'enfuie de sa boîte et qu'il se mette à explorer les lieux.

Les élèves sourient en imaginant ton araignée se balader entre les pupitres comme une touriste.

Jérémie, lui, n'a pas besoin de l'imaginer, ton araignée, car il la voit pour vrai, au sol, juste devant son bureau, et il ne trouve pas ça *cool* du tout.

Tellement pas *cool* qu'il crie à tue-tête :

– Aaahhhh ! AAAHHHH ! Mais c'est quoi, ÇA ?!

Hé ! hé ! hé ! Tu ris jaune. Non seulement tu viens de semer la panique, mais tu passes pour une belle menteuse !

Tu t'empresses de récupérer ta tarentule avant de déclarer :

– Euh… je vous ai un peu menti. Ce n'était pas une petite araignée que je cherchais, mais une grosse. Les amis, je vous présente Hercule !

Madame Anne sera-t-elle ravie de faire la connaissance d'Hercule ? Hmm, j'en doute... Va donc voir au **25**.

28

– Vous allez rire, mais j'ai cru voir un Schtroumpf qui se baladait sur le plancher. Je n'en suis pas certaine, mais je pense que c'était le Schtroumpf à lunettes.

Ça marche !

Tout le monde rigole de bon cœur. Sauf madame Anne, bien entendu, qui te trouve bien fanfaronne aujourd'hui.

– Dommage que tu ne l'aies pas trouvé. J'ai toujours rêvé de rencontrer un Schtroumpf, en rajoute Xavier. Mais pas le Schtroumpf à lunettes… Je préférerais le Schtroumpf costaud.

– Moi, c'est avec la Schtroumpfette que j'aimerais être amie, confie Amélie.

– Moi, avec le Schtroumpf farceur ! mentionne Quentin.

Excédée, madame Anne met fin à ce délire de Schtroumpfs et te prie de regagner ta place immédiatement. Ton exposé et ta promenade à quatre pattes te valent des applaudissements polis.

C'est au tour d'un autre élève d'aller en avant. Tu peux écouter sa présentation au **47** (et si tu n'en as pas envie, eh bien, tu n'auras qu'à te boucher les oreilles !).

29

Tu déposes Hercule dans la boîte à chaussures, puis tu mets la boîte en sécurité dans ton casier. «Quelle idée stupide d'avoir apporté ma tarentule à l'école!» te dis-tu.

Ça oui! Et tu n'es pas au bout de tes peines, ma chère Tara.

Tu t'en rendras compte en allant au **10**.

30

Juste avant que Yan ne détale comme un lapin, tu allonges la jambe devant lui. Résultat : il trébuche et exécute un joli vol plané.

En tombant par terre, Yan échappe la boîte qui effectue quelques culbutes avant de terminer sa course sur le côté, le couvercle ouvert à moitié. Hercule doit se demander pourquoi le monde s'est mis à tourner aussi vite tout à coup.

Une fille de sixième année, passant par là, remarque l'araignée velue qui s'évade de la boîte à chaussures accidentée. Son cri est foudroyant, digne d'une actrice dans un film d'horreur.

– Attention! Elles sont mortelles, ces araignées-là! s'exclame d'une voix paniquée un garçon de cinquième.

Hercule se sent pris au piège. Il file à pleine vitesse dans le corridor, sans savoir où donner de la tête. Les élèves s'écartent de son chemin. Mais pas le concierge.

Dès qu'il remarque l'araignée, il tente de l'écraser sous le talon de sa bottine. Bang! bang! bang! Hercule réussit de justesse à éviter les coups. Mais pour combien de temps encore?

Tu vois le concierge lever le pied bien haut. Cette fois, il ne ratera pas sa cible.

Comment t'y prendras-tu pour sauver la vie de ton ami arachnéen?

A) Tu saisis la tarentule en caoutchouc, puis tu la lances en prenant la tête du concierge pour cible. Rends-toi au **34** et concentre-toi bien, car tu n'as qu'une seule chance...

B) Tu cries très **TRÈS TRÈS** fort. Remplis au maximum de leur capacité tes poumons d'air, puis rends-toi au **35**.

31

Tu t'avances vers le bureau de ta professeure d'un pas hésitant.

– Qu'est-ce que tu fais encore dans la classe, toi ? te demande-t-elle avec sollicitude. Tu as quelque chose à me dire, Tara ?

– J'ai un petit problème... Ça va vous paraître fou, mais j'avais apporté ma tarentule pour ma présentation et... elle a disparu !

À ces mots, le sourire de l'enseignante disparaît lui aussi.

– Elle était dans la boîte. Je ne sais pas comment elle s'y est prise, mais elle s'est évanouie dans la nature...

Ta prof, elle, va s'évanouir tout court. Son visage blêmit, avant de devenir vert (de peur).

– Je suis vraiment inquiète, lui confies-tu.

Mais pas autant que madame Anne, qui prend de grandes respirations pour garder son sang-froid.

– Tu-tu-tu dis qu'il y a une t-t-taren-tt-tule dans la classe ? bredouille-t-elle.

– Oui, et il faut m'aider à la retrouver !

Se retrouver face à face avec une araignée géante est la dernière chose qu'elle désire. Alors non, elle ne va pas t'aider.

Elle va plutôt grimper sur son bureau.

Avoir su qu'elle aurait autant la trouille, tu en aurais parlé à quelqu'un d'autre !

– Faut pas avoir peur d'Hercule, hein ! C'est la gentillesse même, cette araignée-là !

(Précision : pour une personne qui souffre d'arachnophobie, les araignées soi-disant gentilles ne sont pas moins terrifiantes que les autres.)

Madame Anne jette des regards épouvantés autour d'elle, comme si le plancher était une mer peuplée de requins mangeurs d'hommes.

C'est maintenant à son tour de te demander de l'aide. Mettre les pieds au sol est au-dessus de ses forces. Elle t'implore d'aller chercher des secours, et vite.

Sans attendre une seconde de plus, tu files. Les corridors sont déserts. Normal, tous les élèves sont sortis pour la récré.

Au moment où tu t'approches de la salle des profs, tu aperçois le concierge un peu plus loin. Tu as le choix:

A) Entrer dans la salle des profs située au **7**.

B) Ou demander l'aide du concierge qui se trouve au **9**.

32

Madame Anne te demande pourquoi tu ne vas pas rejoindre tes camarades dehors pour la récréation.

– J'ai l'impression d'avoir perdu quelque chose d'important, mais je ne sais pas quoi..., bredouilles-tu en jetant un œil rapide derrière la bibliothèque.

– Si tu ne t'en souviens pas, c'est que ça ne doit pas être si important, souligne l'enseignante. Allez, ouste ! Va prendre l'air, ça va te rafraîchir la mémoire !

Et voilà qu'elle te met gentiment à la porte.

En longeant les corridors, tu gardes les yeux grands ouverts, au cas où Hercule se serait enfui du local de classe. Ensuite, tu fais un tour à la salle de bains, au cas où Hercule aurait eu une petite soif.

De plus en plus désespérée, tu finis par aller dehors. Comme tu regrettes d'avoir apporté ta tarentule à l'école !

À ce stade-ci, le réconfort d'une amie te ferait le plus grand bien.

A) Camille discute avec deux autres copines. Demandes-tu à lui parler en privé ? Si oui, tu peux lui confier ton singulier problème au **58**.

B) À bien y réfléchir, tu préfères trouver Hercule par toi-même, sans mêler personne à cette affaire. Tu es attendue au **59**.

33

Madame Anne déploie de gros efforts pour rester calme.

– Tara, je ne veux même pas entendre tes explications. On a assez parlé d'araignée et assez perdu de temps comme ça. Maintenant, on va retourner en classe, reprendre nos places et continuer les présentations orales. Tu n'es pas la seule dans le groupe. Les autres élèves aussi ont le droit de parler de leur animal préféré.

Tu fais signe que oui, puis tu files t'asseoir à ton pupitre au **47**.

34

Le temps de saisir le projectile dans ta poche, il est trop tard.

Le pied du concierge vient de s'abattre sur Hercule, réduisant ainsi son corps en purée.

Tu n'arrives pas à le croire... As-tu vraiment assisté aux derniers instants de vie de ta tarentule adorée? Est-il possible que le narrateur de cette histoire ait laissé mourir le plus poilu de tes amis?

...

Tu fais bien de ne pas le croire, car non, les choses ne se sont pas passées de cette façon. (Aucun animal n'a été maltraité durant la fabrication de ce livre, juré craché!)

Tu ne te sers pas de ton araignée synthétique comme d'une étoile chinoise, car tu sais que le son voyage bien plus vite qu'un objet lancé à bout de bras. Donc, tu cries, au **35**, à t'en péter les cordes vocales.

35

– NOOOOOOOOOONNNNN!!!

Sans vouloir te vanter, tu penses ne jamais avoir crié aussi fort. Si fort que tu as l'impression d'avoir arrêté le temps.

Saisi, le concierge relève la tête. Et se rend compte qu'il allait commettre un meurtre. Il n'est pas en train d'écraser un petit insecte, mais un animal de compagnie!

Tu te rues sur Hercule pour le remettre en sûreté dans sa boîte. Tu voudrais bien le caresser pour lui apporter du réconfort, mais après la tentative d'assassinat qu'il vient de subir, il est en état de panique. Il pourrait mordre.

Ensuite, tu essuies les larmes qui coulent de chaque côté de ton visage. Tu as vraiment eu peur que ton copain vive son dernier jour.

Le surveillant, qui a vu la scène de loin, te demande de le suivre jusqu'au bureau de la directrice.

Tu t'assois, la boîte posée sur tes cuisses, et tu tentes de te remettre de tes émotions.

Après avoir raconté ta mésaventure à madame Bossé, la directrice, tu te sens déjà mieux. Il faut dire aussi qu'elle est là pour te réconforter, et non pour te réprimander comme tu le craignais. Même si elle trouve que c'était une bien mauvaise idée d'apporter ton animal à l'école. Il faut une permission spéciale pour ça.

– Est-ce que tu me présentes ton ami à huit pattes maintenant? demande-t-elle avec gentillesse.

– Bien sûr! Rien ne me ferait plus plaisir...

Tu ouvres grand la boîte afin qu'elle puisse y jeter un œil.

Madame Bossé demeure perplexe.

– Il n'est pas censé y avoir une grosse araignée poilue dans cette boîte?

Sacré Hercule! Il s'est encore sauvé. La prochaine fois que tu le sors de la maison, il va vraiment falloir que tu lui mettes une laisse!

Une fin étonnante, n'est-ce pas ? Tu te dis que ce n'est pas du tout terminé puisqu'Hercule est de nouveau en liberté. Mais ne crains rien, tu le retrouveras bien vite et tu ne le reperdras plus. En tant que narrateur, je te donne ma parole.

Mais si tu as envie de le reperdre, ton Hercule, eh bien, tu n'as qu'à retourner en avant de la classe pour refaire ta présentation orale. Qui sait ce qui arrivera, cette fois ?

36

Sous les regards amusés des élèves, tu te précipites vers la poubelle.

Hercule est tapi dans l'ombre derrière, visiblement apeuré.

Tu lui murmures des paroles douces avant de le laisser monter de lui-même sur ta main. Puis, avec un grand sourire, tu le montres à tes compagnons.

– C'est ce petit bonhomme à huit pattes que je cherchais !

Tu t'adresses à ton invité spécial :

– Mon cher Hercule, je te présente les élèves de ma classe.

Tu n'as pas le temps d'en dire davantage, car un cri de fin du monde retentit dans le local. Tous les élèves sursautent, toi y compris.

Qui a poussé ce hurlement qui résonne encore dans tes oreilles?

Ce n'est pas un élève... c'est ta prof!

Est-il possible de mourir de peur? Si oui, il faut tout de suite appeler le 911, car à voir l'air terrorisé de ton enseignante, elle court un grand danger!

Que faire?

A) Tu t'approches d'elle pour lui présenter ton copain Hercule. En l'observant de plus près, elle constatera à quel point il est sympa. (N'est-ce pas madame Anne en début d'année qui a affirmé que c'était toujours une bonne idée d'affronter ses peurs?) La rencontre de l'araignée et de l'arachnophobe a lieu au **44**.

B) Tu remets Hercule dans sa boîte avant que madame Anne tombe sans connaissance et se fasse mal. Pour éviter une suite malencontreuse de malheurs, rends-toi au **45**.

37

Tu retournes en avant, comme te l'a ordonné l'enseignante.

Puisque ta présentation était presque finie, tu dis :

– Avez-vous des questions ?

Kim lève la main avec un grand sourire moqueur étampé sur le visage, puis s'exclame :

– On sait que t'aimes les animaux, Tara, mais c'est pas une raison pour te promener dans la classe comme un chien !

Comme la moitié de la classe rigole, tu ris toi aussi. Enfin, tu fais semblant.

– Ha ! ha ! Vous deviez vous demander ce que je fabriquais, hein ?

En effet. Ils se le demandent tous. La prof surtout.

– Hé ! hé ! Je cherchais une tarentule en caoutchouc, imaginez-vous donc ! Je pensais l'avoir échappée, mais elle était dans ma poche pendant tout ce temps. Ce que je peux être distraite parfois !

Non, tu ne cherchais pas une tarentule en caoutchouc, mais c'est vrai que tu en as une dans ta poche. Tu la sors pour la montrer au groupe.

– Voilà, c'était ça, la surprise, dis-tu avant d'aller te rasseoir à ta place.

Même si tu te passionnes pour les animaux, tu as du mal à rester attentive aux autres présentations. Tes yeux se tournent constamment du côté de la poubelle pour voir si Hercule se tient tranquille.

Quand la cloche finit enfin par sonner, tu t'arranges pour sortir de la classe la dernière. Tu as hâte de retrouver ton Hercule chéri.

Mais décidément, ton Hercule chéri se prend pour un magicien aujourd'hui : le bougre a encore disparu !

Tu soulèves la corbeille avec les mains pour être sûre d'avoir bien regardé.

– Ça va, Tara ? s'informe madame Anne, qui a décidé de passer la récré à son bureau.

Non, ça ne va pas. Et tu as bien envie de lui expliquer pourquoi.

Hmm, serait-ce une bonne idée ?

A) Oui. Madame Anne saura quoi faire. Et puis, tu ne peux pas laisser une tarentule en liberté dans l'école sans aviser le personnel. Allez, inutile d'y réfléchir plus longtemps, va au **31** solliciter l'aide de ta prof.

B) Non. Madame Anne ne saura pas quoi faire. Elle va en parler à ses collègues et en moins de temps qu'il en faut pour épeler le mot *tarentule*, toute l'école sera au courant qu'il y a une grosse araignée poilue en liberté. (Et tu ne veux pas qu'on se souvienne de toi comme la fille qui a apporté et perdu sa tarentule à l'école.) Alors, le mieux, c'est de la trouver toi-même, et le plus rapidement possible. Ce qui te mène au **32**.

38

Ouille ! Tu commences à avoir mal aux genoux à force de te déplacer à quatre pattes.

– TARA TREMBLAY ! vocifère madame Anne. Je t'ordonne de te relever IMMÉDIATEMENT !

Entre toi et moi, je crois que tu devrais lui obéir. (Conseil d'ami.)

Et tu fais bien, car en te mettant debout – bingo ! –, tu aperçois ton Hercule qui se faufile derrière la poubelle près de la porte.

Ouf! Quel soulagement! Tu as presque envie de lever les mains au plafond pour remercier le ciel.

A) Vas-tu chercher ta tarentule pour la présenter à la classe, comme prévu? Si oui, les présentations ont lieu au **36**.

B) Préfères-tu la laisser là où elle est et la récupérer durant la récréation, ni vu ni connu? Dans ce cas, va au **37**.

39

Il est vrai que tu es désemparée, mais pas au point de brailler devant toute la classe!

Tes larmes, tu les gardes pour plus tard, au cas où Hercule demeurerait introuvable.

Pour tout de suite, va au **4**, puis ouvre l'œil pour repérer le fugitif à huit pattes et le ramener dans sa maison en carton. La chasse à la tarentule est maintenant ouverte!

40

Ton enseignante boit une gorgée d'eau, ce qui a pour effet de l'apaiser. Petit à petit, elle reprend du poil de la bête (et par bête, je ne fais pas référence à ta tarentule !).

Elle demande ensuite à te parler en privé. Tu la suis dans le corridor. Mais elle parle si fort que tous les élèves entendent.

– Tara, les tarentules ne sont pas les bienvenues à l'école. Les scorpions, les couleuvres, les moufettes, les rats, les babouins, les hippopotames non plus ! Compris ?

Tu fais signe que oui avec la tête.

– Tu as besoin d'une permission spéciale pour apporter un animal en classe. C'est pas un zoo, ici!

– Je croyais que ce serait amusant. Je n'ai jamais pensé que ça virerait au drame, dis-tu au moment où Boris surgit dans le corridor avec ta fausse tarentule au creux de la main.

– Regardez, madame...

La madame en question pousse un cri si aigu que tu as l'impression qu'une aiguille te transperce les tympans. Tu touches ton oreille pour voir si elle saigne.

– Vous n'avez pas à avoir peur, madame! lui signale Boris. C'est pas une vraie. J'ai regardé dans la boîte. Tara nous a joué un tour!

Argh! Il ne pouvait pas se mêler de ses affaires, celui-là!

Madame Anne pousse un énorme soupir. Elle n'en peut plus de toutes tes bêtises.

A) Est-ce que tu lui présentes des excuses? Si oui, va au **42**.

B) Non, tu préfères garder le silence. Dans ce cas, va au **33**.

41

Tu reprends la tarentule en caoutchouc, puis tu la secoues vigoureusement pour montrer à tous qu'elle n'est pas vivante.

– Je vous ai fait une bonne blague. C'est une fausse araignée !

Et là, tu commets une grosse bêtise.

Y avoir réfléchi juste un dixième de seconde, tu n'aurais pas agi ainsi. Mais dans le feu de l'action, c'est l'idée que tu as eue, aussi peu brillante soit-elle.

Tu lances la tarentule dans ton auditoire. Le projectile à huit pattes va s'échouer sur l'épaule de Zoé, qui crie aussi fort que si elle était attaquée par une horde de zombies.

– Elle ne te mordra pas, Zoé! Elle est en caoutchouc!

Quelques élèves rigolent. Mais pas Zoé. Ni madame Anne.

– Tara Tremblay! te gronde-t-elle. Il est INTERDIT de lancer des objets en classe, SURTOUT des objets qui ressemblent à des ARAIGNÉES GÉANTES!

– Désolée, bredouilles-tu. J'ai cru que ce serait amusant.

– Et aller faire un tour chez la directrice, tu trouverais ça amusant peut-être? Ramasse ta bestiole en caoutchouc et va te rasseoir à ta place, ordonne-t-elle, encore bouleversée par ton numéro de tarentule volante.

Tu ranges la simili-araignée dans ta poche, puis tu regagnes ton pupitre, consternée par la tournure que prennent les événements. Ton exposé ne mérite aucun applaudissement.

Et avec tout ça, Hercule cavale toujours !

Allez, Tara, reste positive et rends-toi au **47**. Je suis sûr que les choses vont s'améliorer. (De toute façon, elles ne pourraient pas être pires !)

42

– Si vous saviez combien je suis désolée de tout ce qui arrive, dis-tu avec sincérité. Je vous jure que je n'avais pas de mauvaises intentions...

Au moment où l'enseignante vient pour parler, un cri terrible retentit dans la classe. Elle retourne à l'intérieur pour voir ce qui se passe. Toi, tu le sais très bien...

– Ma-ma-madame, j'ai vu une ta-ta-tarentu-tule par t-terre! bafouille Amélie, blanche de peur.

Tu aperçois le petit monstre qui s'amuse à semer la terreur près du

calorifère. Tu l'attrapes, sans mouvement brusque, et tu le montres à
ton groupe.

– Hé! hé! Comme vous voyez, j'avais
vraiment perdu ma tarentule... Eh
bien, je vous présente mon beau
Hercule!

Pour connaître la réaction de ta prof,
rends-toi au **25** (mais je t'avertis, ça
risque de ne pas être joli joli).

43

Tu poses tes doigts sur tes tempes et tu prononces cette phrase dans ta tête : « Attention, Yan Brodeur, il va t'arriver un malheur ! Tu as commis une mauvaise action, je te jette une malédiction ! »

Tu répètes la phrase encore et encore, jusqu'à ce que tu voies le voleur foncer à toute allure dans le surveillant, qui se tient debout, aussi solide qu'un poteau.

— Tu t'en vas où comme ça ? Tu sais que je pourrais te donner une contravention pour excès de vitesse, plaisante monsieur Stanley.

Tu les rejoins pour reprendre ce qui t'appartient.

– Yan a volé ma boîte! te plains-tu.

– Et qu'est-ce qu'il y a dedans qui vous intéresse tant? demande le surveillant, visiblement intrigué.

Tout ce que tu trouves à répondre, c'est:

– Euh...

Monsieur Stanley ouvre la boîte pour le découvrir par lui-même, sans attendre ta permission.

Hercule, surpris, effectue un mouvement de recul devant la grosse face du surveillant. Mais lui réagit encore plus fort: il tombe dans les pommes!

Un grand gaillard, qui détient une ceinture noire en karaté, mis K.-O. par une araignée cent fois plus petite que lui! Tu auras tout vu!

Ne sachant pas trop quoi faire – après tout, tu n'as pas suivi des cours de premiers soins –, tu lui tapotes les joues. Quand il revient à lui, il y a déjà une dizaine d'élèves qui le fixent, bouche bée.

Le prof de gym, qui passe par là, se précipite vers son collègue en le voyant allongé au sol.

– Mais qu'est-ce qu'il lui est arrivé?

– Dans la boîte, y a une *bibitte* grosse comme ça! bredouille le surveillant, le teint blême.

Tu traduis :

– C'est juste une tarentule, monsieur Lefort. Regardez par vous-même…

Le prof d'éduc jette un œil : la boîte est vide.

Oh non ! Hercule a profité de la défaillance du surveillant pour explorer les lieux.

Bien entendu, la nouvelle se répand dans l'école comme une traînée de poudre.

Tu passes le reste de la journée à chercher ton araignée, mais elle demeure introuvable.

Je ne veux pas être un oiseau de malheur, mais je contemple ma boule de cristal en ce moment, Tara, et je peux te dire que tu n'es pas au bout de tes peines.

Va voir au **13** si je me trompe.

44

Je suis désolé, mais je ne peux pas te laisser faire ça. La pauvre madame Anne a une peur panique des araignées. Si tu lui brandis ta tarentule sous le nez, c'est la crise cardiaque assurée!

C'est bien beau affronter ses peurs, mais il faut lui donner le temps de se préparer mentalement. Va plutôt au **45**, c'est plus sage.

45

Sans plus attendre, tu déposes ta surprenante araignée dans sa maison en carton avant de refermer le couvercle. Ce faisant, tu perçois une sorte de soulagement collectif dans la classe. Il faut croire que les bêtes font moins peur lorsqu'elles sont en cage !

Arrive alors la directrice.

– J'ai entendu crier. Quelqu'un s'est blessé ? s'enquiert-elle, inquiète.

Les élèves pointent l'enseignante.

– C'est moi, la coupable, confesse-t-elle en grimaçant un sourire. Mais maintenant, ça va.

Madame la directrice observe le groupe d'un air ahuri. Tu lui dois bien quelques explications, non?

– Ma présentation orale portait sur Hercule, alors je l'ai apporté pour le montrer à la classe...

– C'est qui, Hercule? t'interrompt la directrice.

– Ma tarentule.

– Ta ta-quoi? bredouille-t-elle.

– Ma tarentule! Mais je ne pouvais pas savoir que madame Anne était arachnophobe.

– Je crois qu'on a besoin d'avoir une bonne discussion, toutes les deux, conclut la directrice en te demandant de la suivre à son bureau.

– J'amène Hercule?

La directrice aurait préféré dire non, mais devant l'insistance de ton enseignante, elle finit par dire oui.

Tu te retrouves donc dans le bureau de la directrice, au **46**. Au fond de toi, tu as toujours su que c'est là qu'elle se terminerait, cette histoire.

46

C'est la première fois que tu visites le bureau de la directrice (c'est moins intimidant que tu l'imaginais). Et à en croire cette dernière, c'est aussi la première fois qu'un élève apporte une tarentule à l'école.

– Je ne sais pas quoi faire avec vous deux, avoue-t-elle, en référence à toi et à ta tarentule.

Elle pousse un très long soupir de découragement.

– Veux-tu bien me dire ce qui t'est passé par la tête, Tara ?

– J'ai pensé que les élèves seraient contents de faire connaissance avec Hercule. Je n'ai jamais imaginé que sa présence provoquerait un tel drame.

– Mais quand même, tu sais que plusieurs personnes ont peur des araignées, comme ton enseignante qui est « arachnofolle ».

Tu te retiens de rire.

– Le vrai mot est *arachnophobe*, la corriges-tu en insistant sur le b de la dernière syllabe.

– Écoute, Tara. Je passe l'éponge pour cette fois-ci, mais tu dois me promettre de demander la permission la prochaine fois que tu voudras amener un rat, ou une couleuvre, ou un scorpion dans la classe.

– C'est promis ! réponds-tu, soulagée de t'en tirer à si bon compte.

– Et maintenant, est-ce que tu me présentes ton petit copain ?

– Je ne demande pas mieux !

Après tout, c'est la raison pour laquelle Hercule a fait le voyage jusqu'à l'école.

Tu soulèves doucement le couvercle en expliquant :

– Hercule est un vrai charmeur, vous allez voir... Vous ne pourrez pas lui résister !

Dire que madame la directrice tombe sous le charme de ta tarentule serait exagéré. Son visage affiche plutôt une expression de dégoût. Mais après le dégoût vient la curiosité. Et cinq minutes plus tard, elle est assez à l'aise avec Hercule pour le laisser se promener sur son avant-bras.

Alors qu'elle rigole comme une gamine, une idée géniale lui traverse l'esprit.

Elle t'en fera part au **53**.

47

C'est au tour de Yan de présenter son sujet. Contrairement à toi, il a choisi un des animaux les plus chéris au monde : le panda.

Tu n'écoutes pas son exposé, trop occupée que tu es à traquer ta tarentule bien-aimée. Tes yeux fouillent chaque parcelle de plancher.

Yan a presque terminé sa présentation lorsqu'un détail sur le bureau de l'enseignante attire soudain son attention.

– Tara, t'as oublié une grosse araignée en plastique ou en je ne sais pas quoi sur le bureau de la prof, souligne-t-il sur un ton de reproche.

Tu as bel et bien apporté une fausse araignée, mais celle-ci se trouve en sûreté dans ta poche. Par conséquent, celle qui repose sur le bureau est forcément la vraie!

Quel sera ton plan de sauvetage?

A) Avant de te lancer à la rescousse d'Hercule, tu crées une diversion. Laquelle? Réfléchis-y au **21**.

B) Tu n'as pas de plan. Tu vas récupérer ton araignée-qui-n'est-pas-en-caout-chouc sans donner d'explications. Vite! Qu'est-ce que tu attends pour te rendre au **22**?

48

– Regardez là-bas! Vous n'en croirez pas vos yeux! Il y a une licorne qui plane au-dessus des maisons!

Sur cette affirmation complètement farfelue, tu te précipites vers le bureau de l'enseignante pendant que tous les regards se dirigent sur la fenêtre. Même Yan jette un œil dehors. Ce qui te laisse juste assez de temps pour recueillir Hercule et le cacher entre tes mains.

À ce moment-là, tous les yeux se fixent sur toi.

– Qu'est-ce que t'as dans tes mains, Tara? t'interroge Jérémie.

– Mon araignée en caoutchouc, c't'affaire! Qu'est-ce que tu crois? Sûrement pas une licorne miniature!

Ta réplique te vaut quelques rires discrets et plusieurs regards désapprobateurs. Tu t'en moques, car tu as réussi un tour de force en rescapant ta tarentule au nez et à la barbe de tous.

Pendant que tu retournes sagement à ta place, madame Anne te prévient:

– Une autre bêtise et tu finiras l'avant-midi chez la directrice. Compris?

– Oui, oui, dis-tu avant de déposer Hercule dans ton pupitre.

Mission accomplie!

Hercule passe le reste de la journée dans les ténèbres rassurantes de ton pupitre. Après toutes les émotions qu'il a vécues, il ne se fait pas prier pour piquer un somme.

Les cours terminés, tu déposes ta tarentule dans sa boîte, ni vu ni connu. Puis, à ton casier, tu ranges la boîte dans ton sac à dos.

Ouf! Tout s'est bien passé, finalement.

À ce moment-là, Boris s'accote contre le casier à côté du tien pour te faire une confidence.

– Je l'ai vue, ta tarentule. Les licornes, ça ne m'intéresse pas beaucoup... Je trouve que ta tarentule est plus fascinante.

Il te dévisage en souriant, puis ajoute:

– J'ai vraiment aimé ta présentation, Tara. Super sujet.

– Merci.

– Dommage que t'aies été obligée de cacher Hercule. J'aurais bien aimé le rencontrer...

Tiens ! Pourquoi ne pas inviter Boris à passer à la maison ? Comme ça, il pourra apprendre à connaître ton amie araignée.

Mais pas aujourd'hui. Pour le moment, ta tarentule doit se reposer. Elle a eu une dure journée !

Bravo ! Tu t'en es bien sortie. Difficile à croire, mais ton histoire de licorne a porté ses fruits.

J'espère que tu as bien appris ta leçon aujourd'hui : ne jamais aller à l'école avec un animal domestique (surtout s'il a plus de deux pattes, ou qu'il n'en a pas du tout, comme les serpents).

Si tu n'avais pas parlé de licorne, penses-tu que tu aurais quand même réussi à récupérer ta tarentule ? Pour le découvrir, je t'invite à recommencer depuis le début. Qui sait ce qui va arriver à ton Hercule chéri ?

49

– Regardez là-bas... sur le mur de briques, on dirait que c'est Spiderman !

Huit ou neuf élèves tournent la tête. Les autres te fixent comme si tu avais perdu la tienne. Et te voient te précipiter vers le bureau de la prof pour prendre ta tarentule dans tes mains.

Hercule, qui se sent attaqué, se sauve en grimpant sur ton bras, à la stupéfaction générale.

Le cri de terreur que pousse madame Anne a dû assourdir les élèves autour d'elle.

Le son a alerté quelqu'un qui passait dans le corridor à ce moment-là. Je te laisse deviner qui...

Pour le découvrir, rends-toi au **45**.

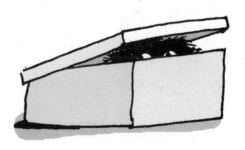

50

– Regardez là-bas! C'est pas possible, y a une grosse assiette qui dégringole du ciel. C'est quoi? Un ovni? Une soucoupe volante?

Ta tirade terminée, tu te précipites vers le bureau de l'enseignante pendant que toutes les têtes se tournent vers la fenêtre. Même Yan jette par réflexe un œil dehors. Ce qui te laisse juste assez de temps pour recueillir Hercule et le cacher entre tes mains.

À ce moment-là, tous les yeux se fixent sur toi.

– Qu'est-ce que t'as dans tes mains, Tara? t'interroge Jérémie.

– Mon araignée en caoutchouc, c't'affaire! Qu'est-ce que tu crois? Sûrement pas un vaisseau spatial!

Ta réplique te vaut quelques rires et plusieurs regards désapprobateurs. Tu t'en moques, car tu as réussi un tour de force en rescapant ta tarentule au nez et à la barbe de tous.

Pendant que tu cries victoire, Hercule, qui vit un moment de stress et qui se sent un peu à l'étroit entre tes doigts, te mord.

– Aïe!

Une morsure de tarentule, ce n'est pas du tout mortel, mais c'est quand même très douloureux.

En agitant la main, tu fais tomber Hercule au sol, et celui-ci déguerpit comme si sa vie était en péril. Oh! oh!

Tu as peut-être crié victoire un peu trop vite, en fin de compte.

Ce qui te mène au **8**, que tu le veuilles ou non.

51

Tu retournes vite en avant de la classe pour le mot de la fin.

Mais les élèves et la prof ne veulent pas entendre parler de ta tarentule, ils veulent comprendre pourquoi tu t'es comportée de manière aussi étrange. En effet, tu ne peux pas te promener à quatre pattes dans la classe sans fournir une explication !

Laquelle te paraît la plus appropriée ?

A) Tu as cru apercevoir une petite araignée. Informes-en tes camarades au **27**.

B) Tu as cru apercevoir le Schtroumpf à lunettes. Vraiment? Vraiment!? Si tu es bien consciente du ridicule de ton affirmation, tu peux la formuler au **28**.

52

Tu jettes un œil autour de toi, sans voir le moindre surveillant. Quant au voleur de boîte à chaussures, il a détalé si vite que tu l'as déjà perdu de vue.

Après deux minutes de recherche, tu aperçois monsieur Stanley près des casiers. Tu fonces sur lui.

– Monsieur! Monsieur! Yan m'a volé quelque chose!

Le surveillant te fait signe de reprendre ton souffle et ton calme.

– Il t'a volé quoi?

– Ma tarentule.

– Ta QUOI? s'écrie-t-il, incrédule.

Au même moment, tu entends un hurlement, suivi d'un brouhaha de panique. Dans ce concert de cris, ton petit doigt te dit que c'est Hercule le chef d'orchestre.

– Euh... je crois que je sais où elle se trouve, annonces-tu au surveillant avant de te laisser guider par le tumulte et d'aller au **14**.

53

Madame la directrice te propose ceci :

– Ça te dirait de t'installer à la bibliothèque avec ta tarentule pendant l'heure du midi ? Tu pourrais la présenter à ceux et à celles que ça intéresse.

Bien sûr que ça te tente !

En fin de compte, ton exposé qui ne devait durer que cinq minutes se prolonge jusqu'à la fin de la journée. Hercule connaît tellement de succès à la bibli que certains enseignants t'offrent de venir le présenter à leur groupe.

Hercule est la vedette du jour! Qui l'eût cru?

À la fin des classes, madame Anne désire revenir sur ce qui s'est passé pendant la récréation du matin. Elle a honte de sa réaction, mais c'était plus fort qu'elle. Les araignées, même les plus «minus», lui filent une peur immense. Alors, les tarentules, tu penses bien, c'est carrément la panique.

Bien sûr, elle ne prend pas ton copain arachnéen dans ses mains. Elle se tient loin. Mais à deux reprises, elle trouve le courage de poser les yeux sur lui. Ça a peut-être l'air de rien, mais pour quelqu'un qui a la phobie des araignées, c'est un pas dans la bonne direction. Un sacré grand pas.

Et tu es pas mal fière d'elle.

Hercule est un charmeur né, tu l'as toujours dit.

Tu savais que si on lui en laissait la chance, il finirait par séduire les élèves de l'école Quatre-Saisons!

Toutes mes félicitations, ma chère!

Tu as fait les bons choix aux bons moments. Si ça te tente de savoir ce qui serait arrivé si tu avais décidé de faire ceci plutôt que cela, eh bien, je t'invite à retourner à la case départ, et je te souhaite une deuxième bonne chasse à la tarentule!

54

Ha! ha! ha!

Mais nooooon, le tiroir ne pullule pas d'araignées! D'où sortiraient-elles, toutes ces tarentules? Madame Anne a la frousse des araignées, elle ne va pas en garder en captivité dans son tiroir!

Là, je t'ai bien eue, Tara Tremblay! Bon, d'accord, je promets de ne plus recommencer. (Ben quoi? Un narrateur aussi a le droit de plaisanter, non?)

Quant à toi, tu n'as rien trouvé sur le bureau. Tu continues de chercher le petit fugueur au **63**.

55

Tu regardes du côté de la bibliothèque. Une bonne idée, car il arrive qu'Hercule se réfugie dans la bibliothèque du salon quand tu le sors de ses appartements. Hercule aime bien les livres, tu ne sais pas pourquoi. L'odeur peut-être... Ou peut-être était-il un grand lecteur ou un écrivain dans une vie antérieure?

Après inspection, toujours pas d'Hercule. Madame Samson non plus n'a rien trouvé.

– Tu crois que ton araignée a filé à l'extérieur de la classe? lance-t-elle.

Tu hausses les épaules.

– En tout cas, c'est sûr qu'elle n'est pas dans ce local! J'ai regardé partout, affirme-t-elle en désignant chaque endroit où elle a fouillé.

Alors qu'elle a le dos tourné, une boule noire et velue apparaît sur son pull gris foncé.

– Euh... bougez pas, madame Samson...

Tu n'en dis pas plus, sinon elle va lâcher un méchant cri de soprano. Et tu t'empresses de prendre ce sacré farceur d'Hercule dans tes mains.

– Vous vous êtes fait un petit ami, lui annonces-tu d'une voix rieuse.

Elle se retourne, intriguée.

– Madame Samson, je vous présente le seul et unique Hercule Tremblay!

À quel moment ta tarentule a grimpé dans son dos, elle n'en a pas la moindre idée. Chose certaine, elle n'a jamais senti sa présence.

D'autres enseignants se pointent à ce moment-là, curieux. Dans le lot, tu aperçois la directrice.

Tu leur présentes donc ton invité spécial. Trop spécial peut-être, car ils reculent tous d'un pas, l'air effarouché.

Ça prend un certain temps avant qu'un brave n'ose s'approcher d'Hercule pour faire plus ample connaissance. Et te voilà en train de présenter de nouveau ton exposé oral, pour les profs cette fois-ci. Et ils trouvent ton sujet tellement intéressant qu'une idée germe dans la tête de la directrice.

Pour découvrir laquelle, rends-toi au **53**.

56

– Voici le portrait de l'araignée recher-
chée, dis-tu en brandissant ton carton
à la face du concierge.

– Beau bonhomme! commente-t-il.

Son humour t'agace de plus en plus. Il
ne semble pas comprendre la gravité
de la situation.

Allez, au boulot!

Alors que tu inspectes les tables de
bricolage dans le fond de la classe,
bang! le concierge donne un grand
coup de pied sur le plancher, comme
s'il venait d'écraser un insecte.

Ton cœur bondit dans ta poitrine pendant que tu te rues vers la scène du crime. Monsieur Poulin-Labelle te montre alors le corps écrabouillé d'une minuscule araignée. Ouf! Ce n'est pas Hercule. Ce qui ne t'empêche pas d'être révoltée et de lui dire ta façon de penser.

– Vous auriez pu la mettre dehors! Ce n'était pas nécessaire de la tuer! C'est un être vivant qui mérite de vivre comme tous les autres!

Ton discours moralisateur n'impressionne guère le tueur d'araignées.

– Les *bibittes* n'ont qu'à aller ailleurs si elles veulent vivre. C'est mon boulot de les faire disparaître. Je suis payé pour ça!

De toute évidence, le concierge n'est pas l'ami des insectes. Monsieur Poubelle se glisse ensuite sous le bureau de l'enseignante. Rien par là!

En se relevant, il aperçoit sur sa manche une boule de poils noirs assortie de plusieurs pattes. Il a beau jouer les durs, la vue de cette araignée géante lui arrache un cri qui atteint un bon nombre de décibels.

– Euh... Tara... ta *bibitte* est sur mon bras, bredouille-t-il.

Ah! comme c'est bon de revoir ce coquin d'Hercule! Tu t'empresses de le prendre dans tes mains câlines.

À ce moment-là, une bande de profs arrivent en classe, alertés par le cri.

– La tarentule n'a pas fait de victime, j'espère ? lance le prof d'éduc.

– Dites-moi comment une aussi adorable et inoffensive créature pourrait faire une victime ? réponds-tu en leur présentant le fugitif.

Madame la directrice, qui passe par là, se mêle au groupe et manque de s'évanouir à la vue de ton araignée géante.

Tu les rassures au sujet d'Hercule. Et sans t'en rendre compte, te voilà en train de présenter de nouveau ton exposé oral.

À la fin, quelques braves osent caresser le dos du curieux animal.

La directrice n'est pas certaine que c'était une bonne idée d'apporter une tarentule à l'école, mais puisqu'elle est ici, aussi bien profiter de sa présence.

Elle a des plans pour toi. Découvre lesquels au **53**.

57

Le concierge cherche du côté des fenêtres pendant que tu inspectes le bureau de ta professeure.

Au bout de deux minutes, il trouve une minuscule araignée et te demande si c'est elle, ta tarentule.

L'insecte est plus petit que l'ongle de ton petit doigt! Évidemment que ce n'est pas Hercule! Comment peut-il être assez naïf pour croire une telle chose?

Il est sur le point d'écraser l'intruse entre ses doigts lorsque tu interviens. Tu récupères la pauvre bestiole et tu ouvres une fenêtre pour lui rendre sa liberté.

Si cette mini-araignée s'en est sortie, tu espères que ce sera également le cas d'Hercule.

Mais à la suite de recherches méticuleuses, tu n'as toujours pas de nouvelles de lui.

Après la cloche qui met fin à la récréation, tu reçois la visite de la directrice qui vient d'avoir un entretien avec ton enseignante.

– Madame Anne refuse de remettre les pieds dans son local tant et aussi longtemps que ta sale b... euh... ta tarentule est en liberté.

Conséquence : tes compagnons ne retourneront pas en classe après la récré. Et en après-midi, ils auront une période de lecture à la bibliothèque, suivie d'un film présenté à l'auditorium. Mais pas toi, car toi, tu es chargée de récupérer l'octopode poilu qui a causé ces changements à l'horaire.

À la fin de la journée, tu n'as toujours pas retrouvé la trace de ton compagnon arachnéen. Et tu as le cœur gros...

Ton cœur va-t-il finir par éclater ? Reverras-tu le joli minois de ta tarentule chérie ? Et si tu ne la retrouves pas, aurez-vous congé de classe jusqu'à la fin de l'année ? Pour le savoir, rends-toi au **17**.

58

– Camille, j'ai un terrible secret à te révéler, lui dis-tu à voix basse.

– Combien terrible sur une échelle de 10? veut-elle savoir, tout excitée, car elle adore les secrets.

– J'hésite entre 11 ou 12...

Ta copine est impatiente d'entendre cette confidence apparemment si terrible.

– C'est au sujet d'Hercule, ma tarentule. J'ai commis la bêtise de l'apporter à l'école et... je l'ai perdu!

Ton amie ouvre grand la bouche, comme si elle s'apprêtait à mordre dans un hamburger géant. Elle le connaît bien, Hercule. Elle s'est souvent approchée de lui, mais n'a jamais osé le caresser. Elle sait quel effet il peut exercer sur les gens.

– Hercule est à l'école ! s'étonne-t-elle. Si quelqu'un le croise, il va crever de peur, tu ne penses pas ?

– J'ai plutôt tendance à imaginer le contraire, que c'est Hercule qui est effrayé et que c'est pour ça qu'il est si bien caché.

Camille se tapote le menton avec le doigt. Ça l'aide à réfléchir plus vite.

Selon elle, il n'y a pas 36 solutions.

– Plus on est nombreux à chercher, plus grandes sont nos chances de le retrouver.

Comme tu n'as pas d'autres idées à proposer, tu acceptes de mettre quelques élèves dans la confidence. Tu en parles à Maëlle et Noémie, qui passent le mot à d'autres, et ainsi de suite. La nouvelle se propage si vite que tous les élèves de l'école sont au courant avant la fin de la récré.

Tu voulais former un groupe de huit ou neuf chercheurs, pas informer toute l'école qu'une grosse araignée velue rôde dans les parages !

Après tout, l'important dans cette histoire, c'est qu'Hercule soit sain et sauf. Et pour le chercher, mille yeux, c'est mieux que deux !

Mais maintenant que tout le monde sait qu'il y a une tarentule entre les murs de l'école, rien ne va plus, comme tu peux le constater au **11**.

59

Tu tournes en rond dans la cour de récré en te rongeant les ongles et en essayant de deviner où est passé Hercule. La vérité, c'est que tu n'en as aucune idée.

Le midi, tu manges avec quelques copines, mais sans appétit. À l'heure qu'il est, Hercule pourrait être n'importe où.

À la récréation, ton amie Camille remarque que tu n'es pas dans ton état normal.

– T'as perdu ta bonne humeur, on dirait, observe-t-elle.

Si c'était juste ça que tu avais perdu !

Allez, Tara, tu as une dernière chance de demander de l'aide à une amie. Est-ce que tu la saisis ?

A) Oui. Confie-lui tes soucis au **58**.

B) Non. Ne lui confie pas tes soucis, rends-toi plutôt au **60**.

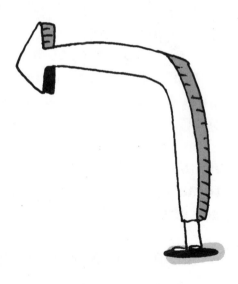

60

– T'as perdu ta bonne humeur, on dirait, vient de dire Camille d'un air compatissant.

À quoi tu réponds (et ce n'est pas très gentil, je trouve):

– Oui, et comme je ne la retrouve plus, je préférerais rester seule.

Camille tourne les talons et disparaît de ta vue. Et ton petit doigt te dit que tu ne reverras pas non plus Hercule de sitôt.

Va au **13** pour voir si ton doigt a raison ou non.

61

Tu examines attentivement la surface du bureau de la prof. Pas de tarentule. Tu te penches pour jeter un œil en dessous. Toujours rien. Tu ouvres le premier tiroir du haut. (On se demande d'ailleurs pourquoi, car il est impossible qu'Hercule ait pu s'y faufiler...)

Ton intuition était bonne. Hercule est bien là! Mais il n'est pas seul. Une vingtaine de tarentules grouillent dans ce tiroir.

Bien que tu adores ces bêtes, c'est une vision d'horreur qui s'offre à toi.

Passe vite au **54** pour découvrir la suite!

62

– Yan, c'est pas bien de voler les araignées géantes des gens, souligne le
surveillant, pince-sans-rire. Tes parents
ne t'ont pas appris ça?

– Mais monsieur, c'était à elle de ne
pas l'apporter à l'école!

En fin de compte, Yan et toi vous
méritez une visite chez la directrice.
Le surveillant vous escorte jusqu'à
son bureau.

Occupée à d'autres tâches, madame
Bossé s'arrête un moment pour écou-
ter ton histoire d'un air abasourdi.
C'est à peine si elle jette un œil dans

la boîte, tant la créature qui s'y cache la dégoûte.

Elle réprimande sévèrement le voleur de tarentule avant de se tourner vers toi pour te demander :

– Et qu'est-ce qu'on est censés faire de ton Hercule, maintenant ?

Tu hausses les épaules.

– Une tarentule à l'école, ça ne passe pas sous silence. C'est LE sujet de con- versation en ce moment ! remarque monsieur Stanley.

Tiens, tiens... Madame Bossé a peut- être une idée...

Ta tarentule n'a pas fini de faire parler d'elle, comme tu pourras le constater au **53**.

63

Tu te diriges vers la poubelle. Si ton ami a eu une petite fringale, c'est sans doute par là qu'il est allé se restaurer, car les élèves y jettent parfois des restes de collation.

Tu plonges les deux mains dans les ordures pour t'assurer qu'Hercule ne se trouve pas enseveli sous une couche de détritus. Eh bien, non, il n'y est pas.

Tu te tournes vers madame Samson, qui hausse les épaules, désolée. Elle non plus n'a rien trouvé.

Au son de la cloche, quelques profs viennent voir où en sont rendues les recherches. Madame la directrice est là et elle n'a pas l'air super contente d'apprendre qu'une tarentule arpente les corridors de son établissement scolaire. Je dirais même qu'elle est furax.

– Ça veut dire qu'à tout moment un élève peut se trouver nez à nez avec une TARENTULE! Ce ne sont pas des conditions d'apprentissage acceptables! s'insurge-t-elle.

Voilà, l'état d'urgence est décrété. La directrice demande à tout son personnel de rechercher activement l'intruse à huit pattes.

Toi, tu as pour mission de retrouver Hercule. Pour y arriver, tu as la permission de manquer ton cours d'éducation physique.

Tu continues donc de chercher dans la classe, même si tu n'y crois plus vraiment.

Tu pousses un gros soupir de découragement lorsque tu entends un message de la directrice à l'interphone.

– Chers élèves, j'ai une bien singulière nouvelle à vous annoncer, dit-elle. Avant de vous en faire part, je veux vous demander de garder votre calme. Eh bien, voilà, il y a une araignée géante – qu'on appelle une tarentule – en liberté dans notre école.

Hmm, tu n'es pas certaine que c'est une bonne idée de répandre la mauvaise nouvelle. Tu crains un mouvement de panique.

– Si vous apercevez cette tarentule, ne posez aucun geste brusque et prévenez tout de suite votre enseignante. Je répète, si vous apercevez le fugitif, gardez votre... aaaaahhhhhHHH!!!

Le cri est si soudain que tous les auditeurs sursautent.

– Elle est là! ELLE EST LÀ! hurle la directrice (qui, soit dit en passant, ne respecte même pas ses propres consignes).

S'ensuivent d'autres cris hystériques et des bruits d'objets tombant au sol. C'en est presque comique. Mais au lieu de rire, tu te précipites vers le bureau de la directrice.

Tu trouves cette dernière dans un coin de la pièce, complètement décoiffée, avec une agrafeuse dans une main et une lampe de travail dans l'autre. Comme si elle venait de se bagarrer contre un ours ou un puma et non pas un animal qui, recroquevillé, est plus petit qu'une balle de tennis!

Tu aperçois Hercule sur le bureau, perché sur un pot rempli de crayons. Tu le prends dans tes mains en le rassurant:

– Madame la directrice n'est pas méchante. Elle ne te veut pas de mal. Elle a peur, c'est tout.

Puis, en voyant le micro, tu décides de poursuivre le message que la présence d'Hercule a brusquement interrompu.

– Bonjour, tout le monde! C'est moi, Tara. Madame la directrice a retrouvé ma tarentule, et je lui en suis TRÈS reconnaissante. Vous savez, les araignées sont des êtres très attachants, et je ne dis pas ça à cause des toiles qu'elles sont capables de tisser...

Pendant un instant, tu as l'impression un peu bizarre de présenter de nouveau ton exposé oral, cette fois-ci à l'interphone.

Avant de terminer, tu y vas d'une petite blague de ton cru:

– C'est fini, maintenant! Vous pouvez vous détendre. Demain, je vais peut-être apporter mon cobra. Mais ne vous en faites pas, il est tellement long que si je le perds, il sera beaucoup plus facile à retrouver!

Et voilà, tout est bien qui finit bien. En tant que narrateur, je préfère les fins heureuses.

Mais tu sais, tu aurais pu ne pas la retrouver, ton araignée. Si tu avais agi autrement, les choses ne se seraient pas passées de cette façon.

Ce qui est formidable avec ce livre, c'est que tu peux remonter le temps. Si tu veux, tu peux revivre la disparition de ta tarentule. Pour ce faire, tu n'as qu'à retourner au **1** et à découvrir ce que te réserve l'avenir !

Les **HÉROS** de ma **CLASSE**

HISTOIRE DONT TU ES LE HÉROS

Auteur : Jocelyn Boisvert
Illustrateur : Philippe Germain

1. La folle envie de Jérémie
2. La terrifiante araignée de Tara

Jocelyn Boisvert a aussi écrit aux éditions FouLire :

- Mon ami Sam est gentil mais… tellement casse-pieds !
- Ma voisine est gentille mais… pas avec moi !
- Esprits de famille

MARQUIS

Québec, Canada

Achevé d'imprimer le 19 décembre 2016

Imprimé sur du Rolland Enviro,
contenant 100% de fibres postconsommation,
fabriqué à partir d'énergie biogaz et certifié FSC®,
ÉCOLOGO, Procédé sans chlore et Garant des forêts intactes.